虹色の架橋

天野でん

文芸社

もくじ

I

暁の鏡　7

渇望　8

返信　10

ぷいぷい　12

誓いのヘンテコ　14

雲間の雁　16

青白く月長石　18

煙にのせて　20

おとも　22

もう一度　24

隣人　26

理想の夢想　28

暁の鏡　30

小鳥　32

兵士の妻　34

Ⅱ　水晶の花束　37

シンカ　38
旋風　40
水晶の花束　42
星隠し　44
なにもかも　46
選択肢　48
無形の権化　50
艶　52
言わずもがな　54
変幻の演者　56
羽化　58

Ⅲ　脱力変換器　61

虹彩のウサギ　62

雷門の出会い　64
チャームなピース　66
脱力変換器　68
真夏の口封じ　70
たれ目のねんねこ　72

Ⅳ

アンガーパピィ　75
救済契約　76
お静かに　78
ここから　80
未知なる者　82
終わりなきリレー　84
教えてヘビイチゴ　86
アンガーパピィ　88
まんまる魂　90
歩　93

I

暁の鏡

渇望

砂の中を行く　砂の中を行く
砂嵐吹く中
裸足で　もうなにもない

砂を噛んでいる　砂を噛んでいる
水が飲みたい
蜃気楼すら　なにもない

どこに向かっているのか　どこから来たのか
進んでいるのか　進みたいのかさえ
もう涙も出ない
砂の上

会いたくて　会いたくて
水が飲みたい
会いたくて　会いたくて
水　涙　水
いっそ終わりにすれば　解放されるのに
どうして　私　どうして

会いたくて
砂の中を行く
砂の中を

ただ会いたくて　それだけで
裸足で行く
砂の上
噛みしめて　飲みこんで
進む

返信

寂しくなんかなるなよ
いつだって
一緒だったろう
いつだって
変わってないよ
今も　あの頃と

寂しくなんかなるなよ
いつも
一緒だったろう
変わってないよ
今も　これからも

同じ音　奏でているよ
同じ声　聴いているよ
同じ足音　踏み続けては
笑ってるんだ　笑ってるんだよ
変わらないよ
一緒だろ
いつまでも　いつだって
悲しいほどに

寂しくなんかなるなよ
影ばかり　追ってくれるな
光の道　歩いてんだ
君と一緒に
あいもかわらず

そうだろう？

ぷいぷい

埋もれそうな行列の隙間で
君を見つけた
飲み込まれそうな流れなんかに
ぷいとした横顔の　なんという鮮やかな
息が苦しい　行列のせいじゃなく
君に

閊えかけの行列の隙間に
君を見つけた
溺れそうな流れなんかに
ぷいとした一瞥の　なんという涼やかな
胸が苦しい　行列のせいじゃなく
君に

君には
見えないだろうな　映らないだろうな
君の目には
無様で間抜けた　この様を
どうか　映ってくれるな
せめてもっと　ましなものを
君に

カオスな波打つ行列の隙間
ぶち破って　飛び出した
ぷいとした君　捕まえに
飛び出した

爽快だ　笑えるな
行列のせいじゃなく
君に　君だけに

誓いのヘンテコ

そちらの調子はいかがでしょう?
私は相変わらずの　ヘンテコです
あなたもよく知る　ヘンテコリン

今日はあなたに
きれいな　きれいな　白い花束
あなたの好きな　白色の
きれいな花束　差し上げる
あなたに祈りを捧げます

花束だけでは　あなたには足りない
私の気持ちを捧げるには　とても足りない
祈りでも足りない

なにもかも足りない

花束を花畑に変えて　差し上げたい
祈りを美しき音色に変えて　差し上げたい
あなたも思わず戻りたくなるような
虹色の架橋を渡して　差し上げたい

まだまだ足りない
私にはまだまだ足りない
あなたに捧げるものは
まだまだ足りない

精進の日々　続けます
私はご存知　ヘンテコリン
あなたもよく知る　ヘンテコリン

また会う日まで　どうぞ見ていてね

雲間の雁

鳥になりたいと言っていた
雁字搦め
鳥になりたいと言っていたな
雁字搦め
雁の名を持つのに
鳥になりたいと

飛ぶ鳥はなにものにも
縛られてはいないのか
私達は
縛りあっていたかなあ
それは
不自由なことだったかなあ

雲間に問いかけたところで
詮無いことかなあ
飛ぶ鳥よ
君達は自由かい？

鳥になりたいと言っていた
雁字搦め
鳥になりたいと言っていたな
雁字搦め
君はもう自由になれたかい？

私は
今も　眺めるのは
空
空ばっかりだ
愛しき雁字搦め

青白く月長石

誕生の祝いに君にあげた
月長石
青白く光る
月長石
君のお守りになるように

君は
置いて行ってしまった
青白く光る
月長石と玉虫色の
謎を残して行ってしまった
置いてけぼりで
月も青い夜だ

ここでひとり
月長石　握りしめて
謎を解く
置いてけぼりの迷探偵
青白く滲む
月長石
光れ　道を示せ
主の場所を示してくれよ
月も青く　夜は更ける

煙にのせて

風情のない　わたくしが
ここではもう
会うことの叶わぬ
ふたりに
贈れるものがあるならば

あの人には　梅の花
かの人には　金木犀
叶うこともなく　ひとり
立ち尽くせども
虚しくもあれど
祈らずにはいられない

素っ気もない　わたくしが
あなた達　ふたりに
贈れるものがあるならば
贈れるものがあるならば
流せぬ雫のひとつでも
愚かしくあれど
願わずにはいられない

ひとり　立ち尽くす
ここでひとり
立ち尽くす
煙よ昇れ
ふたりに
伝えておくれ
わたくしは
ここにいると

おとも

ご期待に添えなくて
ごめん　ですが
悲しみや痛みなんかで
君と繫がる気はなくて
君とは笑って
繫がっていたいんだ

ご希望に添えず
ごめん　ですが
暗闇や影法師なんかで
君と繫がる気はなくて
君とは日だまりの中で
繫がっていたいんだ

笑ってお話しましょうか
真昼の川辺で
さわやかなもの飲みながら
ひそひそ　くすくす　こそばゆく
笑っちゃって
今度の予定なんて
決めちゃって
笑ってお話しませんか

昔むかしからの
友さながらに
ぬくぬく笑って
過ごそうか

もう一度

君の声をもう一度
聞きたくなって
君をもう一度
迎えにいきたくなって
いてもたってもいられずに
少しずつ走り出す

君の声をもう一度
聞きたくなって
君の声ともう一度
重ねたくなって
いてもたってもいられずに
少しずつ足を速めている

君の街　行くよ
君がいて　君がいない
嘘みたいな　幻の街へ
行くんだ
もう全然　遅いけど
君の欠片くらい探しにいっても
許されるよね
許してください
神様

罪を薄く　重ねてもいいから
君の声をもう一度
聞きたくなって
いてもたってもいられずに
走り出してる
走り出してるよ

隣人

遠い昔のことなのか
それよりもっと
深いところなのか
わかりはしないけれど

隣にいた人のことだけは
覚えている
覚えているような気がして
瞼は熱を帯びる

遠い昔のことなのか
それとも作り上げた
物語なのか

知り得ることはないけれど
隣にいた人と
見た景色の切れ端を覚えている
隣にいた人の口元も
どうだったかな？
どうだったかな

儚い記憶だ
頼りない心だ
確かめようがないだろう
書き換えようもないだろうが

隣にいた人のことだけは
忘れたくない
隣にいた人のことだけは
どうか刻ませてください

理想の夢想

険しさの無い頃合いに
晴れて生まれ変わったならば
わたくしはのんびりと
猫のように
ごろりごろりと　寝転がり
うとうととして　昼下がり

たまには起き上がり
紅茶など頂き
おやつなど少々
そして再び
ごろりごろりと寝転んで

もしも君が涼しげに
一瞥をくれたなら
にひひと笑い　照れ隠し
もぐらさながらに
ふとんの中に
ぬくぬくとして　もぐり込むような
そんな日々はいかがなものか？

ついでに君も　のんびりとつられて
ごろりとしてみてはいかがなものか？
なんて
そんな夢想してはいけないかしら？
いけないものかしら？

とにもかくにも　あくびも出るけど
また明日がくる
明日がくるよ

暁の鏡

なんにもなかった
空っぽだった
暴かれる真価
浮彫のがらんどう
ここに現る

君の鏡で　僕を照らして
暁の鏡
恥ずかしいほどに
僕を照らして

何も知らず　歩んできたよ
既定のルート

料金受取人払郵便

新宿局承認

3971

差出有効期間
2022年7月
31日まで
(切手不要)

郵便はがき

160-8791

141

東京都新宿区新宿1－10－1

(株)文芸社

愛読者カード係 行

ふりがな お名前		明治 大正 昭和 平成 年生 歳
ふりがな ご住所	□□□-□□□□	性別 男・女
お電話 番 号	(書籍ご注文の際に必要です)	ご職業
E-mail		
ご購読雑誌(複数可)		ご購読新聞 新聞

最近読んでおもしろかった本や今後、とりあげてほしいテーマをお教えください。

ご自分の研究成果や経験、お考え等を出版してみたいというお気持ちはありますか。

ある　　ない　　内容・テーマ(　　　　)

現在完成した作品をお持ちですか。

ある　　ない　　ジャンル・原稿量(　　　　)

書　名				
お買上 書　店	都道 府県	市区 郡	書店名	書店
			ご購入日	年　月　日

本書をどこでお知りになりましたか?

1.書店店頭　2.知人にすすめられて　3.インターネット(サイト名　　　　)

4.DMハガキ　5.広告、記事を見て(新聞、雑誌名　　　　)

上の質問に関連して、ご購入の決め手となったのは?

1.タイトル　2.著者　3.内容　4.カバーデザイン　5.帯

その他ご自由にお書きください。

(　　　　)

本書についてのご意見、ご感想をお聞かせください。

①内容について

②カバー、タイトル、帯について

弊社Webサイトからもご意見、ご感想をお寄せいただけます。

ご協力ありがとうございました。

※お寄せいただいたご意見、ご感想は新聞広告等で匿名にて使わせていただくことがあります。

※お客様の個人情報は、小社からの連絡のみに使用します。社外に提供することは一切ありません。

■書籍のご注文は、お近くの書店または、ブックサービス(☎0120-29-9625)、セブンネットショッピング(http://7net.omni7.jp/)にお申し込み下さい。

開拓者さながらに
既製の衣　翻しては
王様気取り
大声上げて　外堀埋めた

なんにもなかった
空っぽだった　君を前にして
思い知った　思い出した
暁の鏡
こんなにも　鮮やかに　美しく
僕を照らして

もうなんにもいらない
君以外に　なんにもいらない
がらくた捨てて
生まれ変わる　生まれ変わる

小鳥

籠の中の小鳥　主のために歌った
愛された　愛された
保全の中の世界にて

籠の中の小鳥　主のために舞った
懸命に　懸命に
庇護の中の世界にて

それが全てだった　それが全てだった

美しき小鳥　月の光浴びて　眠りにつく
まどろみの中　ふと思う
この声は何のために　この羽は何のために

繰り返す夜　繰り返す明日
繰り返しの歌　繰り返しの舞
愛された　懸命に　愛された　懸命に

儚き小鳥　月の光浴びて　いよいよ眠りにつく
まどろみの中　小さな涙の粒

この声は愛を叫ぶために
この羽は出会うべき　番《つがい》のために
愛するのだ　ひたすらに
愛するのだ　ひたすらに
限りのない世界にて

月の光浴びて　深い眠りの中
まどろみの中　永遠を知る
美しき小鳥

兵士の妻

愛する人
そんな目をして　戦いに行く
そんな目をして　戦いに行くのですか
愛する人

私は見送る
私は見送るしかないのですか
私は　私は
あなたはそんな目をして
なんのために　なんのために
私たちは　なんのために

愛する人
従わなければならないのですか
これも運命だと　仕方がなかったのだと
従わなければならないのですか

私は見送るだけですか？
私は止められないのですか？

何度　何度
私たちこんなことを繰り返して
幾度　幾度
私たちこんなことを繰り返して

愛する人
私は終止符を打ちたいのです
愛する人
私はただ　もう終止符を打ちたいのです

そんな目を　もうしないで
愛する人
そんな目を　もうしないで

Ⅱ　水晶の花束

シンカ

上とか　下とか
右とか　左とか
優劣　甲乙　尊敬　謙譲

そんなものは　どうでもいい
立ち位置なんて　ナンセンス

善とか　悪とか
幸とか　不幸とか
勝ち負け　オスメス　愛憎　正誤

そんなものは　どうでもいい
端から問題じゃない

分かつだけの言葉はいらない
値踏むだけの他人はいらない
枠に収まるような
生易しいもんじゃない

縛るものはなにもないぜ
どんな柵もごめんあそばせ
肉体すらもはや足枷
求むるはシンカ
ただそれだけ　ただそれだけ

二元論　飛び越えて
我ら目指すぜ
泣く子も笑う　新世界
知恵の実　食らった　我らが築け
楽園超える楽園を

旋風

皆々が一様に騒ぎ立てた
何者かになれ　何者かになれと
自分が何者かも　わからぬままに
なるべき者も　わからぬままに
騒ぎ立てた

私はただ　唸るような風を聴いていた

皆々が一様にいきり立った
枠に収まらぬ者にいきり立った
自分は観客のままで
痛むことなく　動くこともなく
裁くことには必死で

いきり立った

私はただ　群衆の中で
唸るような風を聴いていた
それしかできなかった
それで充分だった

伝えられるだろうか　伝わるだろうか
風の音　風の声を　今なら

群衆の中を駆ける
風になる
ただひたすら　風になろうと

何もかもを振り切って
大地を蹴り上げていた
蹴り上げていた

水晶の花束

きれいに咲いた
水晶の花
この胸に
枯れることない
水晶の花
涙がほろり

伝えたいことばかり
溢れているのに
少しも伝えられないで
なけなしの強がりだけで
どこまでも

きれいに咲いた
水晶の花
気がつけば
辺り一面
水晶の花
涙がほろり

咲かせていくよ　不器用にでも
咲かせていくよ　ひとりぼっちでも

いつか君に会えた　その時は
どうか　どうか　受け取っておくれ

誇らしく咲かせていくよ
ひとりぼっちでも
枯れることない
水晶の花

星隠し

気づいていたかな
両手に持って　隠していたもの
大切にしすぎて
忘れちゃってたみたいだけれど

気づいていたかな
両手に持って　隠していたもの
目の前がいつだって　騒がしいから
失くしたように見えたかも

気づいているかな
もういいよの合図　向こうから
ラベル貼りの入れ物に

ラベル待ちの入れ物に
甘んじるのも　もうおしまい

気づいていたよ
いつだって
両手に持って　隠していたもの
こんなにも　ぴかぴかと

見せておくれよ
君の明け星
君が大事にしてたもの
見せておくれよ
生まれた頃から持ってたでしょう

知っていたんだ
君の明け星
見つめているよ　いつまでも

なにもかも

雨が降ってるのに
傘なんか差すな
雨の優しさも知らずに
傘なんか差すな
あなたの憂いを
洗い流してくれてるんだ
傘なんか差すな

雪が降ってるのに
手袋なんかはめるな
雪の情も知らずに
手袋なんかはめるな
あなたの火傷を

癒やしてくれてるんだ
手袋なんかはめるな

なにを怖がることがある
なにを避けることがある

なにもかも
あなたのためにあるんだ
なにもかも
あなたのために祈ってるんだ
手を伸ばして受け取れよ

あなたのためにあるんだ
なにもかも
なにもかもだ

選択肢

優しい言葉なんかより
抉るような言葉が欲しいのかい？

柔らかな言葉なんかより
鋭利な言葉の方が信じられるかい？

どちらでもいい
君の望みなら　どちらでも
君の望みを　叶えたい
いつだって

穏やかな幸福よりも
埃立つ不幸　選ぶかい？

愛に満ちた真実よりも
血にまみれた現実　選ぶかい？

どちらでもいい
君の望みなら　どちらでも
君の望みを　いくらでも
叶えようじゃないか

どっち　どっち　さてどっち？
どちらも　選べないようならば
どっちもどっち　選べないようならば

君の選択肢　作るしかないね
君だけの選択肢　進むしかないかもね
どきどきするけど
それが一番いいかもね

無形の権化

やわな言の葉で
象るのはやめておくれよ
なにも私を捉えられはしないよ
内に秘めたる　この劫火
ぶっちぎりの世界観

お膳立ての幸福に
豆ぶちまけて　お帰り願い
予定調和の結末に
塩撒き散らして
おかげさま
いい塩梅に仕上がってんぜ

制限なんて必要あるか
自分自身でいることに
肉体すらも煩わしいのだ
神も閻魔も　唖然呆然
言葉も出ないね

見せつけたいぜ
この世界観
魂の火種　飛び火で炎上
明るく現世　丸裸
あたためてやるぜ
あたためてやるぜ

艶

あなたに
お見せしましょう

我欲をそそる　甘みではなく
その身を絆《ほだ》す　柔《やわ》さでもない

ぎらつく　生命の塊を
ぬらつく　生命の源を

誰もが求め
なにをも呑み込む
至福の極彩色を
あなたに

ガラスの靴も　天井も
熔かして．進む
森羅万象　焼け野原
焦がしては　生み出す

食い込むような
生命の根源を
あなたに

ほとばしる極彩色
とくとご覧あれ

言わずもがな

愛してるとか言われたい　愛されてると思いたい
なんでもいいから信じたい　嘘でもいいから安心したいよ
どうか教えて　生まれてきた理由を

どこにいたって不安になるの
群衆に紛れていても　同じ服着て　笑っていても
寂しさ虚しさ　拭えない

どこで見つける？　存在意義を
今日も藻掻きに藻掻いて　対物賠償　トホホの溜息
どこで貰える？　存在証明
今日も足掻きに足掻いて　対人賠償　イタタの涙目
もらい事故すらどこかしこ

擦り傷だらけの人類よ
鼻を拭って空仰げ
滲む赤き目　見開いて
降り注ぐ光　馴染ませろ

言葉なんて脆弱だ　魂より　遥かに
理由や意味なんて　どこ吹く風だ
魂も　なびかぬような

ただ在るだけでいい
ただ在るだけで満ち足りる
あなたは在るだけで　私が在るだけで
ただそれだけで

降り注ぐ光　受け取っておくれよ
遥か彼方から　注ぎ続けるよ

変幻の演者

何になろうとしていたのだろう
与えられた台詞に声嗄らして

何になろうというのだろう
望まれた言葉　選びぬいて　吐き出して　しゃがれ声

見て　見て　私を　見て

お望み通りの私　ボロボロの
お望み通りの私　儚くも
あなたの望み　何だったの？
これは誰の台詞だろう？

何になろうとしていたのだろう
潰れる喉　声なき声　何もなくなって　誰も彼も失って

見て　見て　私を　見て

抜け殻の私　鮮やかに
ようやっと私　蝶になる

愛玩の果て　待っていたのだ
私が　私を　見ていてくれていた
ここまで辿り着くのを　ずっと

もう何にでもなれるだろう　自由な生き物に
私の声で　私の言葉で　創造するのだ
誰も支配できぬような　華麗なる舞台の始まり

見ていろよ　私を

羽化

眠りから覚める　眠りから覚める
夜が明ける　幕が開く

箱庭の中　夢を見ていた
限られた世界で　命燃やして

日の光浴び　雨に打たれた
苦汁　辛酸　飲み干して
幸福の姿　探し求めた

出会いと別れ　繰り返しては
削れた身体で
愛の欠片　繋ぎ合わせた

眠りから覚める　眠りから覚める
すべてを味わい尽くして
飛び立つ　この箱から

なにも表しはしない
由来も名も
心も身体も
言葉や時すらも
もはや追いつきはしない

自由の中の自由
無限の羽で彩る
新生の幕開け
響け　鐘の音

眠りから　覚める

Ⅲ　脱力変換器

虹彩のウサギ

そいつは突然現れた
そいつは突然現れた
夕日もいよいよ沈む頃
そいつは突然現れた
未知なるウサギ
ピンピロのひげ　妖しく光る

ポーカーフェイス　澄まし顔
瞳に何を宿してる？
醸し出す　ハードボイルド
握りしめるは　虹色ニンジン
ただひとつ

見た目に囚われていちゃ　火傷しちゃうぜ
酸いも甘いも　ピョンピョコ飛び越え
ここまで来たのか
油断したら最後
虹色ニンジンで　一撃昇天
昨日と明日に　オサラバだ

未知なるウサギ
瞳に何を宿してる？
虹色ニンジン　味わわせてくれないか
生唾飲んで対峙する
ピンピロのひげ　妖しく光る
目を離すなよ

雷門の出会い

ビリリと電撃　走る　走る
雷門下
ビリリと電撃　走る　走る
文字通りだな
そんなことってあるんだな

あれは歌い猫
鋭い目をした歌い猫
涼しい声で愛を歌う
荒魂癒やしの歌い猫
こんなところでなんという
ばったり　どっきり
雷門下

ビリリと電撃　駆け巡れ

歌い猫　忘れられぬ
歌い猫　涼しい歌声
忘れはしませぬ
歌い猫
眼光キラリでドンピシャリ

雷打たれた
雷門下
ふらふら　くらくら
お団子求める
お茶も求める
落ち着け　荒魂　落ち着け

あの
歌い猫め

チャームなピース

謎の呪文　むにゃもにょ
謎の呪文　むにゃもにょと
密やかに　あくまでも
密やかに　唱える君は
なんというか　なんというか
とても　心地良い

謎の呪文　むにゃもにょ
謎の呪文　むにゃもにょと
ひそひそと
密やかに　唱える君の
隣にいるのは
なんというか　なんというか

とてつもなく　穏やかだ

君は今日も人知れず
世のため　人のため　謎の呪文唱える
むにゃもにょ
今日も　むにゃもにょ

謎の呪文　むにゃもにょ
唱える君のいるこの世界は
なんというか　なんというか
限りなく　平和だ
君は平和　そのものだ

脱力変換器

げに恐ろしき　君の存在
げに恐ろしき　君のお言葉
げに恐ろしき　げに恐ろしき
君はまさに　脱力変換器

怒り狂った弾丸も
君の前では　完全失速
毛も逆立つような殺伐軍団も
君の発言に　すっかり骨抜き
ふにゃふにゃに

なんという変換力
空気も読まぬ

拍子抜けの存在感
ゆるゆる発言　空気も変える
錬金術

げに恐ろしきは　君だ
今日も明日も
脱力変換　脱力変換
緊迫感ゼロ
無事故　無違反　促進中
君の前に全世界は腰砕けだ
まるっとピース　世界はまるい

げに恐ろしき　君の存在
げに恐ろしき　君のお言葉
げに恐ろしく　げに素晴らしき
君はまさに　脱力変換器
偉大なる　脱力変換器

真夏の口封じ

こんな真夏に秘密を知られた
こんな真夏に秘密を知られ
しくじった
秘密を知ったな　君よ
きょとんとした　君よ

こんな真夏に秘密を知られちゃ
ただではおけない
覚悟しろ　君よ
とっておきの口封じ
お見舞いしよう

真夏のアイスに　君は黙る

真夏のアイスに　君は黙る
黙らせるのなんて容易いもんだ
真夏のアイスで黙らせろ
いとも容易く君は夢中だ

こんな真夏に秘密を知った
君よ　思い知ったか
しかしなぜに
物欲しげにこちらを見るのだ

やれやれ
もう少しだけ
秘密を明かそうか？

たれ目のねんねこ

たれ目のまるっこい
もふもふは
ゆっくりと
その目を閉じて　眠りにつく
大きなたれ目　ゆっくり閉じて
ゆっくり　おやすみ

たれ目のあったかい
もふもふは
ゆっくりと
その目を閉じて　眠りにつく
柔らかな光を閉じ込めて
ゆっくり　おやすみ

数えきれない思い出もあろう
言えぬ想いも抱えたろう
形にならぬ言葉も包んで
涙も滲ませ
虹もかかりそうだね

たれ目のやさしい
もふもふは
ゆっくりと
その目を閉じて　眠りにつく
大きなたれ目　ゆっくり閉じて
ゆっくり　おやすみ

眠りについて
眠りから覚める時まで
静かに　そばにいるよ

Ⅳ　アンガーパピィ

救済契約

君の理想通りとは　いかないが
君を助ける気概は　こちらにはある
君の都合通りとは　いかないが
君を助ける気概は　こちらにはある
存分にある

ただし残念ながら　これには条件がある
肉体には限りがある
君を助けるために　こちらは命を削る
君のために命を削ってみせる
消えるまでやってやる

君に覚悟はあるのか？

この助けを　この削れた命を
受け取る覚悟はあるのか？
この命を　意志を
繋げる覚悟はあるのか？

残念ながら　命ひとつ
助けるためには命懸けだ

条件がある
もしも君が助けを求めるのなら
喜んで応じよう
ただし　絶対に助かれよ
そして今度は君が　誰かを助けるんだ
この命を　意志を
繋いでくれ

お静かに

少しだけ
静かにしないか
ほんの少しだけでいいから
何か聞こえてこないか

わいわいしてたら
寂しくないのかい？
がやがやしてたら
不安は和らぐかい？
ざわざわしてたら
許されるって思えるかい？

少しだけ
静かにしないか
ほんの少しだけで
いいから
何か聞こえてこないか
ほんの少しだけでいいから
耳を休めて
優しい音色　聞かないか？

沈黙もたまには
悪くないもんだよ

ここから

ようこそ　新たな扉へ
ここから先はキミ　ひとり
進めるのは　キミ
ひとりだけだ

寂しいかい？　そりゃそうだろう
心細い？　そりゃそうだろう
怯えてる？　そりゃそうだろう

キミの選択は　いつも正しい
キミの感覚は　いつも正しい
キミの感情は　いつも正しい

それだけ覚えておけば
どこだって行けるよ
どこまでも行ける

ようこそ　新たな扉へ
ここから先はキミ　ひとり
進むのは　キミ
ひとりだけだ

怖いかい？　そりゃそうだ
振り返る？　それもそうだ
引き返す？　それはどうだか

覚えてるかい？　覚えてるなら
一歩　踏み出してみるのも悪くないよ
決めるのはいつも　キミ
ひとりだけだ

未知なる者

知らないものは怖いのかい？
こちらはなんだか　わからぬ者だが
見たことないもの怖いかい？
こちらはわけのわからぬ　変わり者

なぜに怖がる
なぜに怖がる？
こちらは君と　仲良くしたい
こちらは君と　おしゃべりしたい
ただ愛に溢れた　謎の者

辞書にないもの怖いかい？
こちらは相変わらずの Unknown

明細ないと不安かい？
こちらは引き続きのMystery

なぜに怖がる
なぜに怖がる？
君だって君のこと　知ってるの？
こちらは君のことを知りたい
たくさん知りたい
ただただ愛に溢れた
謎の者

怖がることはしたくないので
ひたすら待ちます　謎の者
君を待ちます
謎の者

終わりなきリレー

もしもし　そこのあなた
お気づきでしょうか？
こちらには一切
観客席等は設けておりません
補欠ベンチといったものも
ご用意しておりません

問答無用のリレー大会
全員参加
超弩級のリレー大会
ご参加　誠にありがとうございます

序列に埋もれてる場合じゃないです

数字ばかり弾いたりしてる場合じゃないです
文字ばかり追ってる場合じゃないです
死なんてそんなの　恐れてる場合じゃないですよ

走って　走って　走って下さい
全身全霊　全力前進
兎にも角にも走って下さい

ありとあらゆる
世代も世界も時空も次元も
全員参加
超弩級のリレー大会
次のランナー　待っていますよ

走って下さい
生命のバトン　繋げて下さい
終わりなんてないんですから

教えてヘビイチゴ

泣き虫のおチビちゃん
くすんくすんと　小さく泣いて駆け出した
誰にも見つからないように
こっそり　駆け出した
行き先は　ヘビイチゴの魔女の家

聞きたい　聞きたいよ　ヘビイチゴ
教えて　教えて　ヘビイチゴ
みんなの言うとおりにしてるのに
チクチク　トゲトゲ　刺さります
みんなとおんなじにしてるのに
イガイガ　ビリビリ　ひっかかる
教えてよ　ヘビイチゴ

天使と悪魔の見分け方

ヘビイチゴの魔女は言いました
どちらもあんまり変わらない　変わらないけど
悪魔は　とにかく
欲しがる　欲しがる
理由もわからなくなるほど　欲しがり屋かもね
天使は　ひっそりとして
ひたすら　ひたすら　美学を追うかもね

泣き虫のおチビちゃんには
なんだかよくわからないけど
少しだけ泣きやんで
また駆け出して行きました

困ったらまたおいで
ヘビイチゴの魔女より

アンガーパピィ

ふたつの眼は本質を捉えられるか？

ここに在るは　剝き出しの野生
血気の化身
見たか
愛くるしい風貌に包まれた
この反骨心の塊を

なにものにも与しない
服従　忠誠　辞書になし
癒やし　安らぎ
こいつの前には幻にすぎない
偏見に飼いならされたのは

我が心であったのか

怒りのこいぬ
魂のままに吠え立てよ
怒りのこいぬ
身の程知らずの体当たり
清々しいほどに　本日も異常なし

怒りのこいぬ
おまえの眼には　いったい何が映るのか
我が内にこっそり忍ばす　滾る血か

怒りのこいぬよ
類い稀なるエネルギー
応えよう
野生と野生のぶつけあい
それが我らの絆なり

まんまる魂

ぼくは　まんまる
極上のやわらかさを持っている
ぼくは　まんまる

やわらか　まんまる
とはいえ時として　難もある

とんがり　強がり　いじっぱり達が
時として　ぶつかってくる

ポコポコ　ポコポコ
げんこつ　ぶつけて
ポコポコ　ポコポコ

いたた　いたたた　いたい
けれども　どうしよう
やわらかいので　意外とへっちゃら
へっちゃらだけども　どうしよう？

打ちつけてくるげんこつが
痛んでるのがわかる
打ちつけてくるキミらが
実は痛んでるのもわかる
やわらかいがゆえに　まんまるがゆえに

まったく　どうしよう？
このまま待つのか
それとも　奥の手使って
癒やしましょうか？

やわらか　まんまる
時として　難もあるが
時として　求められるか
やわらか　まんまる
ぼくは　まんまる

歩

歩みを止めない
歩みを止めはしないよ
足がすくんでも　転んでも
歩みを止めはしないだろう

歩みを止めない
歩みを止めはしないよ
叶わなくても　許されなくても
歩みは止められないだろう

会うべき者に　会えなかろうと
なるべき我に　なれなかろうと
懲りずに　また懲りずに

歩むことを考えてるじゃないか
朽ちた先の道にさえも
歩む道を描いて描いては
もがいてるじゃないか
そういうことだ
結局は　そういうことだ

歩みを止めない
歩みを止めはしないよ
どんな道を進もうが
どんな道で消えようが
歩みを止められはしない

思ってる以上に
理《みち》はタフだよ
結局は　そういうことだ

著者プロフィール

天野 でん（あまの でん）

1985年生まれ、北海道出身。

現在、静岡県浜松市に在住。

ひょんなことから、2020年４月より詩を作り始める。普段は事務職員として勤める傍ら、日常生活で思い浮かんだひらめきや諸々の心情を、ひっそりと詩にして毎日を過ごしている。

虹色の架橋

2020年12月15日　初版第１刷発行

著　者　天野 でん
発行者　瓜谷 綱延
発行所　株式会社文芸社
〒160-0022　東京都新宿区新宿1－10－1
電話　03-5369-3060（代表）
03-5369-2299（販売）

印刷所　神谷印刷株式会社

ISBN978-4-286-22146-5